언어의 그림

원경상 시집

초판 발행 2017년 3월 9일
지은이 원경상
펴낸이 안창현 **펴낸곳** 코드미디어
북 디자인 Micky Ahn
교정 교열 백이랑
등록 2001년 3월 7일
등록번호 제 25100-2001-5호
주소 서울시 은평구 갈현로 318-1 1층
전화 02-6326-1402 **팩스** 02-388-1302
전자우편 codmedia@codmedia.com

ISBN 979-11-86104-53-8 03810

정가 10,000원

언어의 그림

원경상 지음

WON GYEONG SANG

詩라는 새 안경을 쓰고부터
지금까지 못 본 세상을 보았습니다.
『언어의 그림』첫 시집을 출간하며
기쁨보다는 부끄러움이 앞섭니다
한 편의 시를 낳기 위해
넓은 공간 많은 시간을 넘나들며
언어의 그림을 그리며 향기 나는
시를 쓰고 싶었습니다
시작은 부끄럽기 한없으나
다음을 예약하며 시대적 요구에
맞는 시어를 찾고 만드는
고뇌를 하겠습니다
모진 산고를 겪은 후 새 생명을 얻은 엄마처럼
해와 달. 구름 모든 자연을 가슴에 품겠습니다.
비바람 천둥번개 소리도 겸허히 듣고
감성 문학의 늘 푸른 소나무가 되겠습니다

원경상

두 손

정 창민 | 예수회 가롤로 수사

두 손으로 어떻게 하느님을 찬미할 수 있을까
기도하다가 엎드려 무릎 꿇고
합장하였다
주여! 나를 받아주소서

두 손으로 어떻게 사람을
도울 수 있을까
기도하다가 온갖 정성 다하여
아내를 간호했다

두 손으로 어떻게 삶을
충실하게 살 수 있을까
기도하다가 폐지 모아
이웃을 사랑했다

두 손으로 어떻게 세상을
깨끗하게 할 수 있을까
기도하다 빗자루 들고
주변을 청소했다

두 손으로 어떻게 마음을
다스릴 수 있을까
기도하다 마음속 생각을 백지 위에
글로 적었다

두 손으로 어떻게 구원의 길
찾을 수 있을까
기도하다 하고 있는 모든 것
구원의 길 가는 통로 보여주었다

원경상 시인님의 거룩한 삶에 드리는 헌정 시

내 사랑 당신을 보내며

천하만물 생로병사 하느님의 섭리로다
한오백년 살고파도 일백년을 못사느니
세상삼오 분심말고 영혼일을 힘써하세

짧은만남 긴이별은 영생얻는 길이로다
이승에서 못한사랑 저승에서 이루리라
어두움을 밝혀주던 촛불같은 당신사랑

태어날때 울며온길 떠날때는 침묵이요
땅을치는 통곡소리 하늘이여 전해주오
잘가소서 잠드소서 고이고이 영면하소

아내를 보내는 남편의 마음

언어의 그림

contents

01 —

가을 소나타

꽃 진 자리 — 02

contents

03 —   사랑 비

아버지의 땅 ― 04

contents

05 — 늙은 고양이

모닥불처럼   — 06

수줍어 말 못하고
구름 위 달 산 넘어갈 때
이 가슴에 피어나는
장미 한 송이 가슴도 붉다

가을 소나타

들꽃

이슬로 세수하고
방긋 웃는 꽃

양손에 은구슬
누가 주었나

눈부신 아침 햇살
너무 수줍어

부끄러운 얼굴
홍당무 된다

붉은 장미

계절의 여왕 오월
익어간 초록
무슨 사연 그리 깊어 가시 품어
피눈물 흘리는가

작열하는 태양 볕
부서질 적에
활활 산 같이 타오르는 너
쏟아지는 빗줄기도 끄지 못했지

수줍어 말 못하고
구름 위 달 산 넘어갈 때
이 가슴에 피어나는
장미 한 송이 가슴도 붉다

가을 나무

계절의 종착역에서
스치는 인연마다
흩뿌려지는 사연들
바람은 말이 없고
달빛은
가을 나무만
시리게 바라본다

들국화

장롱 속에 모아 둔
그 옛날처럼
창밖에 국화가 웃고 서 있다
겉 버리고 속 챙겨
한겨울 땅속에 움츠린 국화
대지가 잠 깨어 꿈틀대던 이른 봄
싹 나고 움터
한여름 무더위에 소쩍새 울리더니
사나운 태풍에도 굴하지 않고
밤새워 울어준 들국화
밤마다 창문 열고 국화와 마주 앉아
별을 헤아린다

하얀 눈물

눈 와서 부신 날
울다가 얼어버린
초가지붕 고드름
무슨 사연 그리 깊어
하얀 눈물로 우는가

바람아 불어다오
햇살에 비추어다오
가기 싫은 아주 먼 길
멈출 수 있게
하얀 눈물 닦으며
내 곁을 지키어다오

호수와 달

오색 꽃잎 떨어진다
서러워 마라
날 저문 하늘에
노을 꽃 피고
갈대 춤 흔들흔들
깊어가는 밤
쓰러진 고목에도
꽃이 피려나
별도 잠든 꼭두새벽
호숫가에 나온 달은
밤새는 줄 모르고
재잘거린다

불나비

눈 뜬 산과 들에
연초록 한 입 베어 물고
해탈한 나비야

은구슬 유혹하는
청보리에 앉지 마라
날개 흠뻑 젖으면 꽃잎이 운다

해와 달 오고 가는 길목
훨훨 타는 장작불 나비사랑
빨간 꽃잎이 탄다

순천만 갈대숲

하늘 이고 서서 잠든
순천만 갈대밭은 철새들 쉼터
밤마다 달이 놀다 가면
해가 뜨는 곳

하얀 머리 갈대가
손 흔들어 국경 없는 철새들
초대하는 곳
하늘에 흰 구름 둥실 춤추고

바람도 놀러 와 쉬어가는 곳
하얀 입술 파도의 흥겨운 노래
바닷속 걷는 물고기
순천만 갈대숲에 밤이 내린다

꽃비

팔달산 도청 길
꽃망울 터져버린 벚나무
하얀 팝콘 머리에 가득 이고
줄지어 섰다

바람 지날 때마다
쏟아지는 하얀 비
어린 초록 눈 뜨고
꽃잎 덮으면
낮과 밤 쉬지 않고
오가는 길목마다 꽃비 뿌린다

정동진 모래 백사장

검푸른 파도가
바다의 아픔을 토해낸다
갈매기 날아간 텅 빈 하늘
바람이 바다를 뒤집어
하얀 속살 드러낸 바다

수평선 저 멀리
푸른 바다 노랫소리 들려오면
햇살은 바다 위를 걸어 다니고
크고 작은 별들이
물질을 한다

사랑하고 미워하던 가랑잎들이
한 잎 두 잎 떨어지는 어느 가을날
모래성 쌓는 바다
밤새워 출렁거린다

분홍 우산

까맣게 젖은 밤
멀리서 들려오는
그림자 소리에
뜨거워지는 가슴
비 오는 밤거리
한걸음에 달려온
분홍 우산 하나
한쪽 어깨 젖는 줄 모르고
붉은 꽃잎 활짝 피웠다

가을 소나타

하얀 손가락이
건반을 넘나들며
춤을 춘다

높고 낮고
길고 짧게
가늘고 굵게
빠르고 느리게
따 따 따단 따 이 우안 따

콩나물 꼬리 따라
도미솔 화음 열고
흑백 계단 오르내리며
천상의 소리 만들어 내면
달마중 나온 별빛 사이로
가을 소나타 흘러내린다

보도블럭

가장 낮은
자세로 맨땅에 엎드렸다.
밟히고 차이면서 얼굴에 침 뱉어도
그를 사랑하기에
아무 말 안 했다

해와 달 별이
유일한 나의 친구
꽃잎 놀다 간 자리 가랑잎 굴러가고
바람 불고 눈 비 올 때마다
춥고 배고픈 서러움에
잠을 설친다

모두가 잠든 고요한 밤
뼈는 금가고 살은 부서져
조용히 눈을 감는다
뜨거운 용광로에 전부 태운 몸
저 하늘 구름 한 조각

조약돌

오늘도 해변에서
바닷물이 하얀 땀 흘리며
돌을 깎는다

혼신의 힘으로
조약돌에 벼락 몇 개 천둥 몇 개
눈비도 함께 담았다

길고도 오랜 세월
파도가 깎아 만든 흑백 진주알
밤하늘에 별처럼 웃고 있다

바다에 핀 꽃
가슴으로 너를 끌어 안고
피 끓는 소리 듣는다

시 낭송

우리 집 은행나무 꼭대기
까치가 날아와 집을 짓는다
아침에 일어나 창문을 여니
나무 밑에 쓰다 버린 건축자재들
초고 퇴고 탈고한 시어들
가늘고 까만 글씨 수북 쌓아놓고
까 악 까 악 까치가 시 낭송한다

꽃잎 진
빈자리 눈물 자국뿐
새들도 떠나간 부러진 나무에
바람이 일면
땅에 누운 꽃잎이
먼 길을 간다

2

꽃 진 자리

언어의 그림

작은 글밭에 앉아
까만 생각 하얀 말을 꺼내 봅니다
바쁘다는 이유로
봄이 왔다 간 줄 모르고
피고 지는 예쁜 꽃도 몰랐습니다.
세월이 벽에 걸려 깊이 잠든 밤
꽃잎은 시들시들 앓다가
떨어졌습니다
꽃잎 진 빈자리 이리 큰 줄 몰랐습니다.
문틈으로 달빛이 찾아와
안아 주었지만
임자 잃은 꽃신이 나를 울렸습니다.
꽃신과 나는 쇼파에 마주 앉아
새벽닭 울 때까지 슬픈 언어의 그림만
그렸습니다.

상상화

한 몸에 꽃과 잎이
만날 수 없는 불운의 꽃

가슴 저리도록 그리움 남기고
떠나간 잎사귀

마음 한구석에 심은
잎을 떨구고

달 밝은 밤
가을 길목에 서서

붉은 얼굴로 밤새 울었다

꽃잎 진 빈자리

쓰러진 고목에 꽃잎 떨어져
허전한 빈 가슴 달빛 부서질 적에
뜨거운 눈물이 땅을 적시면
창문이 흔들린다

그녀일까 하고
문을 열지만 아무도 없는 밤
바람이 지나간다
불 꺼진 창가에
나 홀로 서서 둥근 달 바라보며
그녀 얼굴 그려 본다

꽃잎 진
빈자리 눈물 자국뿐
새들도 떠나간 부러진 나무에
바람이 일면
땅에 누운 꽃잎이
먼 길을 간다

무너진 사랑 탑

바람이
몰고 온 검은 비구름
캄캄한 밤하늘 번갯불 타고
천둥이 소리쳐 운다.

창문 열고
바라보니 나뭇잎 떨고
소리 내어 우는 눈물
연못 넘친다

사십 계단
걸터앉은 젊은 나그네
우산 없이 장대비
혼자 맞았네

낙엽 길

무서리 맞기까지
한 잎 두 잎 떨어져
밤낮없이 준비한 가을 길
바람 불어와 옷깃 날려도
숨찬 발걸음 재촉하며
계절을 옮기려 해도
깨지고 부서지는 설움 견디며
오롯이 오래도록 품고 싶었다
너와 하직 인사하던 날
긴 밤 다 가도록
찬비 내려 이별을 통보했지만
아직도 너와 함께 그 길 걷는다

아내 이사 가던 날

땅이 잠 깨어 기지개 켤 때
아내가 이사를 한다
모진 풍파 비바람 흠뻑 맞으며
앞만 보고 달려온 외길
허리띠 졸라맨 가시고기 삶
갈라지고 부르튼 손
꽃잎 진 육부 능선 길
넘기 힘든 보릿고개 골 깊은 계곡물로
배를 채워도 기암절벽 흐르는 물은
줄지 않았다
이슬 같은 영혼 하늘 가는 길
비 그친 하늘엔 바람도 숨죽이고
짧은 햇살 뒤에 남긴 작은 봉분 하나
충혈된 노을이 글썽거린다

마른 풀잎

마른 풀잎 하나 잠이 들었다
잘 가라는 마지막 인사도 못 했는데
겉만 보고 울고 우는
이 안타까움 어쩌면 좋아
다시 돌아가기에는 너무 먼 거리

양지바른 언덕에 초가집 짓고
막차로 오는 당신 맞이하리라
춥지 않고 덥지 않은 슬픔 없고
아픔 없는 나라
파랑새 맘껏 나는 저 하늘에서
수많은 별들이 반짝이는 한

너와 나 다시 만나리

그 사람

온몸으로
비바람 막아주던 그 사람
이 세상 어디에도 다시없을
나의 울타리

어이해서 떠나갈 길
그리 바빴나
비바람에 흔들려 흠뻑 젖은 너
태풍 불어 쓰러진 너

낙엽 진 가지마다 떨어지는 저 빗물은
너와 나의 서러운 이별 눈물이겠지
그대 간 길 막지 못한
이 마음에 비가 내린다

숙지산 초상집

블루밍 빌딩 숲 지나
숙지산 칠 부 능선 오르니
텅 빈 숲 속 벤치
까치 울음바다

도토리나무 틈에
잠든 소나무
바람 불어와도 온 줄 모르고
청설모 왔다 가도
간 줄 몰랐다

하늘 가로질러
달려오는 까치 형제들
하늘도 충혈되어 붉어진 얼굴
어둠은 내려와 등을 떠밀고
까치는 길섶에서 눈물 닦는다

숙지산 내려와
빌딩 숲 지날 때까지
울면서 따라나선 까치 한 마리
말문을 닫은 채 슬픔 먹는다

이별

새야 파랑새야
소리 없이 우는 새야
너 하나 믿은 내가 잘못이더냐

소리 없이 피는 꽃
눈물 없이 우는 새
예쁜 꽃 꺾었더니 가시가 있고
임이 좋아 사귀었더니 이별이더라

갈 테면 가라
내 곁을 멀리 떠나가거라
골목마다 거리마다 추억 쌓인 길
뒤돌아보지 말고 어서 가거라

쏟아지는 이 눈물
다시는 보지 말고
무거운 짐 내리고 편히 가거라

중환자실

대학병원 중환자실
오후 1시 30분 병상에 누운 암소
혼미한 정신은 이승과 저승 오고 가다
발이 멈췄다

불타는 천둥번개 땅을 흔들고
하늘 울어 쏟아지는 빗줄기 눈물
높아진 한강 수위 둑을 넘는다

하고픈 말은 태산이고
듣고픈 말은 강물인데
심산유곡 성산을 가로지른 저녁노을
달빛에 젖어 드는
외로운 그림자 하나

까치

산간 벽제로 날아간 까치
낭떠러지 바윗돌 문 앞에 서면
언제나 내 얼굴엔 샘이 솟았지
하늘에는 밤마다 별이 흐르고
땅에는 철 따라 꽃이 피는데
바윗길 걸으며 울음 삼켜도
가로막은 돌문 하나 사이에 놓고
우리는 이승과 저승
하나였던 세월은 서른다섯 해
더 이상 바라는 건 욕심이었나
늘어진 산그늘 나를 덮을 때
우두커니 바라보는 돌문 벽화
눈물만 뚝뚝

내 사랑 국화

강산이 세 번 변한
어느 해 정월 초사흘
온실에서 자란 연초록 국화 한 송이
내 곁으로 와 하얀 꽃 피었다
행복도 잠시
무더위에 지친 그 꽃잎
비바람에 흔들리다
흙탕물에 던져졌다

혈압이 높이 뛰면
혈당은 산에 오르고
얼룩진 그림자 삶의 연속이다
살아도 죽은 듯이
숨 한번 크게 못 쉬고
이틀에 한번 피 거르는 인공 신장
힘겹게 오른 산 중턱에서
꽃송이 애달프게 떨구었다
무너진 하늘의 울부짖음 온 동네 진동했다

국화 한 송이 화분에 심는다

목마를까 배고플까
물 주고 밥 주던 어느 늦가을
탐스럽게 꽃봉오리 터트린 내 사랑 국화
꽃잎에 새겨진 그 약속
그윽한 향기 얼싸안고 창가에 서면
가을 빛 사랑 물결치며 깊어가는 밤이다

두꺼비집

천지가 침묵하던 날
산비탈 언덕에 앉아 별을 세면
저 건너 게딱지 창가에도 별들이 뜬다
달빛 부서지는 밤
세월은 길을 닦고 강산을 실어 나른다

당겨진 화살
가버린 청춘
꽃 피는 춘삼월
아리랑 고개 육 부 능선 길
그해 유월 스무이렛날 장대비 맞으며
산언덕에 두꺼비집을 지었다

하늘이 울고
번개가 땅을 두드린다
봄은 오고 가건만 잠든 두꺼비는
일어날 줄 모르고
푸른 잔디만 일어섰다

절규

시들은 꽃잎
쓰러진 고목 앞에
떨어진 낙엽
너 가는 길 막지 못한 나
깃털 빠진 새 한 마리
눈물 뜨겁다

바다가 해를 먹으면
구름은 바다를 업고
세상 구경하고 바다로 돌아온다

바다에 비가 내린다

3

사랑 비

첫눈

첫눈 오는 날
만나자 약속한 사람
눈은 푹푹 쌓여도
그 사람 없네

잎 새 떠난 가지 위에
하얀 눈꽃 피는데

안 오시나
못 오시나
시간은 흘러 깊어 가는 밤

장독대 소복 쌓인 눈
하얀 그리움
멀리서 멍멍 개 짖는 소리
이제야 오시는가

홍시

저 감나무 홍시엔
비바람 천둥번개 들어있겠지
해마다 이맘때면 홍시 한 상자
홍시 얼굴 볼 때마다
들국화 생각
그대는 그것이
사랑인 줄 몰랐습니다
올해도 홍시는 다 익었는데
못다 핀 들국화 바라봅니다.

열애

백장미 보는 순간
심장이 멎을 것 같아
난 그만 고개 돌렸죠

불타는 가슴 두근거리고
홍당무 내 얼굴 알지 못했죠
그때는 바보였나 봐

안 보면 보고 싶고
보면 사랑한다 그 말을 못해
후회 많았죠

봄꽃도 잠시 잠깐
피었다 지는 것을 꽃잎이 진
뒤에야 알았습니다

사랑은 주는 거란 걸

왜 몰랐을까

파란 하늘
하얀 구름 꽃 피고
소슬바람 불러주는
사랑 노래
귓가에 들려온다

앞마당 정자나무 아래로
쏟아지는 금빛 물결
네 가슴 두드릴 적에
사무친 그리움 견딜 수 없어
흘러드는 금빛 끌어안으니
뜨거웠던 그 체온 여전하다

사랑만 하기에도
부족한 날들
그때는 왜 몰랐을까

사랑 비

빗물은 바위를 사랑한다
오랜 세월 가슴을 파고들었다
조건 없는 사랑을 약속한다
호수도 만들고 정원도 꾸몄다
풀은 그냥 났다

바위에 산을 하나 더 올려놓았다
바위산 꽃이 피면
벌 나비 날아와 춤을 추고
풀잎에 잠자리가 앉아 놀다 간다
바위는 행복했다

창문을 열면 구름이 보이고
새들의 노랫소리가 들린다

비 오는 바다

바다에 비가 내린다
비는 바다를 적시지 못하고
바다가 된다

비와 바다는 밤새도록
철썩철썩 사랑 이야기 깊다
천 년을 함께 가자고

바다가 해를 먹으면
구름은 바다를 업고
세상 구경하고 바다로 돌아온다

바다에 비가 내린다

꽃나비 사랑

꽃이 너무 예뻐서
가던 발길 멈추고 한참을 바라봤다
보면 볼수록 사랑스러운 꽃
난 벌써 꽃의 노예가 되어버렸다
그 누가 저 하늘에 별을 다 준다 해도
불타는 이팔청춘 내 사랑만 못 하리
오늘 꽃잎을 바라보다
두 눈이 먼다 해도
나는 꽃잎을 바라보리라

별

저기 별이 떴다

큰 별이 떴다

별과 나 사이 멀고멀어도

불 꺼진 창가를 바라보는

저 별은 나의 별

바위

난 네가 바위라서 좋다
욕심 없고 거짓 없이 생긴 그대로
멋 내지 않고 하늘만 바라보는 너
속이 꽉 찬 너

세찬 비바람이
가슴을 두드려도
한눈팔지 않고 천만년 백두대간
지켜온 너

해마다 꽃이 산을 물들이고
날마다 달빛이 너를 찾아와도
너는 바위 가문을 지켰구나

바위야 언제나
그 자리 그대로 있어만 다오
멀리서 바라만 봐도 좋은 너
너를 사랑한다

봄

땅이 용트림하는 봄
나무가 눈을 뜰 때
산과 들에 봄 오는 소리
하늘에는 종달새 노래
땅에는 시냇물 소리
잠깨어 일어난 새싹들이 고개 내밀 때
나는 산에 올라 봄을 업고
바람을 만져본다

겨울나무

푸른 잎은
어디 가고
줄기 가지 남았는가

스쳐 가는
바람 편지
하늘나라 등기우편

엄동설한
추울까 봐
목화 이불 부쳐왔네

하늘 계신
엄마 사랑
산과 들에 소복소복

죽방염

어부의 바다
달에 시간이 흐른다
들물에 놀던 바다 날물 가두고

은빛 갈치가
칼춤을 추면 아버지 시간을
아들에게 잇는 바다

욕심 없는 삶
파도가 바다를 두고 간다
갈매기 얼굴에 행복이 핀다

그림자

낮에도 밤에도
하늘만 바라보는
해바라기
그림자로 살고 싶어라

너와 나는
태양을 먹고사는
몸과 마음 하나 된
빛과 그림자

황금 달빛 쏟아지는
별이 조는 밤
그대 가는 길마다
따라나선다

찔래꽃 사랑

싸리문 울타리에
하얀 찔래꽃
소꿉친구 찾아와 뛰어놀 적에
앳되고 앳된 찔래 순
꺾어 먹었지
몸에 숨긴 은장도
서슬 파래도
눈과 눈 마주치면 윙크한
하얀 찔래꽃
나비가 날아오면
대문을 열고
꿀벌이 날아오면 안방을 내준
찔래꽃 찔래꽃
하얀 찔래꽃
올해도 찔래꽃 피었습니다

처마 밑에 지게 홀로 남기고
먼 길 가신 아버지
지게가 소리 없이 울고 또 운다

4

아버지의 땅

아버지의 땅

첩첩산중
천수답은 아버지의 땅
이야 낄낄 소 몰아 논갈이할 때
소와 쟁기 들어가면 남지 않았지

산 다랑이 서른세 개
모두 삼백 평
비만 오면 서둘러 손 모낼 적에
밤나무 벌레 고치 반 잘라
손가락 끼고 모내러 갔지

사방팔방 의좋게
둘러앉은 산
하늘 세 평 땅 세 평에
태양은 날마다 뜨고 지지만
밤이면 달과 별이 마실 다닌 곳
다람쥐 청설모도 이사 안 가고
산비탈 언덕 바위 이끼 끼었지

그 옛날 아버지가
두고 가신 땅
지금도 그곳에는 물이 흐르고
아침저녁 산 까치가 울어댑니다
점심때 광주리이고
꼬불꼬불 논둑길로 밥 내오던 길

울 아버지
막걸리 한 대접 뚝뚝 흘려
잡수시던 산골 다랑이
저녁이면 무거운 나뭇짐 지고
내려오신 길 아버지 발자국
선명합니다

아버지와 지게

아버지는 날마다
산에 오르실 때도
들에 나가실 때도
늘 지게를 업고 다니셨다
지게는 날이 어두워지도록
아버지 등에서 내려올 줄 몰랐다
나보다 지게를 더 많이 업어 주신 아버지
지게 옷이 떨어지면 새로 입히고
멜빵이 끊어지면 다시 달았다
지게가 부러웠다

나는 아버지 몰래 지게를 업어보았다
얄미운 지겟다리 힘껏 두들기며 휘파람 불고
지게 장단 맞춰 흥얼거렸다
아버지 등에서 편히 잠자던 지게
내가 싫다고 몸을 흔들었다
나는 그만 뒤로 넘어졌다

칠 부 능선 오르신 아버지
하얀 구름 덮힌 어느 가을날 아침
해가 창문을 두드려도
기척이 없으셨다
처마 밑에 지게 홀로 남기고
먼 길 가신 아버지
지게가 소리 없이 울고 또 운다

기다려도 오지 않는
아버지 찾아 길을 나섰다
봄은 왔건만 아버지는
다시 돌아올 수 없는 끊어진 다리 위로
잠 깨워 일어난 파란 잔디 무덤에
솟아오른 허리 굽은 할미꽃 바라보는
하얀 나비 한 마리

바람

바람을 잡으려고
그물을 쳤다
왜 그럴까 굵고 가는 바람
걸린 게 없다
바람은 그물로도 잡지 못하는
내가 바보이겠지
바보처럼 살아야 행복인 것을
널 위해서라면 눈멀어도 좋다
이러면 어떻고 저러면 어떤가
꽃과 나비 좋으면 그만인 것을
그리움 젖은 옛 생각에
그대 남긴 발자국 다시 밟으면
어디서 불어왔나
바람이 팔짱을 낀다

깨진 항아리

어머님 손때 묻은 깨진 항아리
울타리에 기대어 잠이 들었다

흙 담아 작은 꽃씨 심었더니
파릇한 새싹 하늘 보고 두 팔 벌린다

낮에는 땡볕에 땀 흘리고
밤이면 달과 별이 친구가 된다

은구슬 먹고 피운 꽃송이
벌 나비 가던 발길 멈추고

어머니 흔적 더듬는다

어머니 1

나를 이 세상에 보실 적에
서 말 서 되 피 쏟으시며
여덟 섬 너 말 젖 먹이느라
하얀 뼈가 검게 그을린 어머니

뻐꾹새 우는 가을
아직도 태산 같은 자식 걱정
고목나무 이파리 흔들며
뜬눈으로 지새우시는
내 어머니

어머니 2

울 엄마 제삿날
병풍 뒤가 저승이요
병풍 앞이 이승인데
가까워도 먼 거리
2.5센티미터 병풍 사이에 두고
엄마와 나는 만날 길 없어
뜨거운 눈물만 뚝뚝

과부 촌 용머리

울 아버지 빼앗아간 산골 마을
포화 소리 그쳤으나 아직도 상처투성이
눈이 푹푹 쌓이고 비바람 불어와도
울타리 없어 방황하던 아비 잃은 병아리들
송진 벗겨먹으며
버섯 따고 나물 뜯어
허기진 배 채워 주던 어미 닭
날개 죽지 다 헐어 눈물 고인
과부 촌 용머리

산 그림자

태양은 눈을 감고
구름이 산허리 휘감으면
바람은 나무를
흔들어 깬다

갈라진 두꺼비 땅
촉촉이 젖어들면
살찐 초록 터트린 꽃망울
흐르는 꿀물은
생명의 젖줄

산 그림자 늘어질 때
엄마사랑 넘치는 초록 바다
새 둥지에는 꿈과 희망 사랑
넘치는 행복

감자

소쿠리에 감자가 눈을 떴다

엄동설한 긴긴밤 배고파 울던 감자

쭈글쭈글 삐쩍 마른 몸

가고 싶은 고향 땅 지척에 두고

엎어지고 자처 지고 넘어진 감자

한 많은 사연 안고 눈을 감는다

비 오는 소리, 비가는 소리

어두운 밤하늘 문 열고
산과 들에 왁자지껄 비가 온다
빨간 함석지붕 구둣발 소리
불어난 계곡물 우렁찬 함성
구름 타고 바람에 끌려다닌 비
앞서거니 뒤서거니
앞개울 물 마차 타고
고향 찾아 바다로 시끌시끌
길을 떠난다

산골 다랑이

찬물받이 산골 다랑이
손바닥 하나만 했다
콩 심은 데 콩 나고
팥 심은 데 팥 난 한길 논두렁
삼복더위 흘린 땀 식어갈 때면
밥그릇에 소복소복
익어 가던 벼 고개 숙였다

기차 여행

부모님 사주신 차표 한 장
부산행 열차를 탔다
마주 앉은 사람과 눈높이 맞춘 체온
내 허물 모두 벗고
흐르는 시간 속에 내가 서 있다
창밖을 바라보니
쏜살같이 지나가는 살아온 세월
뜨거운 가슴 요동 칠적에
밤 깊은 시골 간이역 꽃 핀 고목나무
열매가 붉다

뚝배기

벽시계 쿨쿨 잠든
고향집 화롯불에
뚝배기가 끓고 있다

문틈으로 새나간
구수한 된장찌개
아침 해가 침 흘린다

듬뿍 넣은 파 마늘 양념
보글보글 말도 하고 글도 쓰고
시 낭송 목소리

무너진 탄광

땅속에 묻힌 흑진주 찾아
사람들은 수평 수직으로
굴을 뚫었다

낮과 밤 구분 없는
동굴 안에서 곡괭이 삽으로
까만 밥알 캐어 담는다

머리에서 발끝까지
땀도 까만데 흑나비 흰나비
아침저녁 동굴에서 손뼉을 쳤다

생명을 담보한 밥그릇
무너진 탄광에 갇힌 나비들
거기가 울 아빠 무덤일 줄은

지금은 저만치 가버린 세월
더 이상 손뼉 소리 들리지 않고
동굴 속엔 거미줄만 가득하다

이산가족 상봉

하얀 머리에 새순이 돋고
둘이서 한 몸 되어 비틀거린다
길고도 먼 세월

눈물바다
얼싸안은 주름진 얼굴
청춘은 없어 진지 오래다
이 밤 지나 또 하루

그냥 이대로 며칠만 더
시간이 허락한다면
원도 한도 없으련만
기약 없는 이별 앞에
소낙비 우는 소리
헤어지는 차창으로
쏟아지는 피눈물
한반도가 온통 붉게 젖는다

벗어 버린 알몸
빈손이요 맨발이다
사랑의 온도 뜨겁다

5

늙은 고양이

서리꽃 단풍

서리꽃 단풍이 가을을 쓴다

비가 올려나 몸이 아프다

온몸이 쑤시고 아픈 가을이

남긴 한마디

싹싹 쓸지 말고 살살 천천히

허리 굽은 서리꽃 단풍이 가을 보낸다

늙은 고양이

불 꺼진 가로등 전봇대 밑
밤마다 내버리는 검은 봉지들
버려진 이들에게 봄은 있을까

유모차에 끌려다닌
허리띠 졸라맨 늙은 고양이
봉지 하나 뜯어낸 하얀 밥알들

딸 아홉에 아들 하나
자갈논 팔아 유학 보내며
박사학위 받은 자식 모두 쭉정이

어둠 속으로 사라져가는
허리 굽은 늙은 어머니
흔들리는 발자국 하나

성빈센트병원 인공신장실

천사가 침상에 누워
월 수 금
화 목 토 하루에 네 시간
때 묻은 붉은 피 세척할 적에
뼈를 깎고 살 찢기는 고통
참고 이겨야 한다
불어오는 비바람 막고
꺼지는 등불을 살려야 한다
내일은 뜨거운 태양이 새로 뜰 거야
주여! 병든 몸과 마음 씻어 주시고
내게 준 쓴잔을 거둬주소서

은행알

얼굴은 화끈화끈
안 보면 보고 싶고
말 못하는 이 마음 꽃잎은 알까
할머니가 가던 길 멈추고
바람이 털고 간 은행알 모으며
해가 다 가도록 소식 없는 자식 생각
발자국 뗄 때마다 우두둑 우두둑
끊어 질듯 부러 질듯
무릎 관절 우는소리
주름진 이마에 찬바람 지나간다
이 꼴 저 꼴 안 보고 죽어야 할 텐데
눈가에 맺힌 이슬이 굵다

황혼 길

미풍만 불어와도
흔들흔들 비틀대는 고목 한 그루
눈 어둡고 귀먹었으니
날아오는 새 날아가는 새 보지 못하고
숨은 턱밑까지 차오르는데
가지마다 떠나간 잎 새
발밑에 핏물 들었다
붉게 타던 저녁노을 불 꺼진 사이
어두움 내려온 양지바른 앞산 중턱
어서 오라 소쩍새가 손을 흔든다

오십견

마라톤 인생
아침에 출발하여 점심때인데
반백 년 지금이 반환점일 줄
그 누가 올라온 길보다
내려갈 길 어렵다 했나

서리 맞은
고목에 팝콘 피는데
머리에서 발끝까지
온몸이 아프다

진인사대천명鎭人事待天命
아프다는 것은
살았다는 것
모두가 하느님 축복인 것을

들새 한 마리

종점에서 막차로
너를 보내고 침묵 속에
흐느껴 우는 깃털 빠진
들새 한 마리

숨죽인 아침에 해가
구름에 가려 세상구경 한번 못 하고
밤을 뒤로 한 채
고요히 잠들었다

잘살아 보겠다고
허리띠 졸라매고
발버둥 치며
앞만 보고 달려온 길
다음 세상은 오지 않고 해가 바뀐다

바다에서 산에서
가는 해 오는 해
손뼉을 마주칠 때마다 세월은 이마에
날줄 하나 그리고 입을 봉했다

부질없는 꿈

부귀영화 바랬으나 망쳐 버렸고

많은 돈 벌었으나 가난하였다

처음부터 빈손 맨 발인 것을

무엇을 얻으려고 발버둥 쳤나

있어도 쌓아놓고 못 쓰는 바보

더 많은 욕심에 내가 먹혔다

나목 裸木

가을 해 질 녘
나무는 모든 걸
내려놓았다

봄부터 여름 지나
단풍 들 때까지
땀 흘려 모은 재산
삶의 전부였던 이파리
남김없이 흙에 주었다

벗어 버린 알몸
빈손이요 맨발이다
사랑의 온도 뜨겁다

찬밥 한 그릇

삐걱거리는 무릎 달래며
벌겋게 녹슨 유모차 끌고 거리 누빈다
신문 박스 병 캔
라면 한 그릇 공양하고자
천대받은 저들을 공손히 모은다
수레에 매달려 흔들리며 끌려가는 산더미 하나
비가 오려나 온몸이 쑤신다

신발

힘들고 어려운 길 걸으며
늙고 병들어 몸 아파도 참아야 했다
넓고
좁고
젖고
마른 선택 없는 길
비바람 눈보라 칠 때마다
온몸은 천근만근
세파에 시달려
닳고 닳아 헤지고 헐벗은 몸
가시 찔려도 울지 못하고
앞만 보고 걸어왔다

바람 불고 눈비와도
사랑이란 이름으로
나는 너의 신발이었다

화산

지구가 비틀거린다
뚜껑 열린 땅이 불을 뿜는다
피 흘린 용암
골짜기 메워 산을 낮췄다

신비의 땅
生老病死 자연의 섭리
어제는 가고 내일이 온다 한들
지금 시간은 오늘뿐인데

목청 좋은 장닭 울어
새벽 열리고 어두운 터널 속
발버둥 치는 삶
무엇을 남길 것인가
해는 저만치 멀어지는데

인생

뜨고 지는 태양을 막지 못하고
바람 불면 불라고 그냥 두었다
필 때도 질 때도 꽃이었거늘
갈 때는 입 다문 낙엽이었다

가는 세월

천년도 짧게는
한순간이요
바람도 내 곁에 온다면 오게 두었고
그리운 내 사랑 간다면
물처럼 흘러가게 그냥 두었다
별 빛나는 밤

목마른 사슴에겐 물이 되고
배고픈 나그네에겐 밥이 되어 주는
어둠 속에 빛이 되어
모두가 모두를 위한 사랑

6

모닥불처럼

일하고 싶다

아침저녁 방아 찧어
삼복더위 허리 휘도록
땀 흘리던 선풍기
계절에 밀려 일손 놓았다
청년 실업 백만 시대
허기진 배꼽시계
눈치 없이
아직은 일하고 싶다며
꾸르륵꾸르륵
보채는 까만 밤이다

새만금 눈물

썰물과 밀물이
오고 가던 길
33.9킬로 둑 쌓아 물 막은
바다의 무덤에서 파도가 운다

자연을 파괴한
현대판 바벨 탑
자유 잃은 호수는 말하고 싶다
물은 흘러야 한다고

방조대 때문에
앞길 막힌 지표수는 누렇게 떠는데
뒤집혀 거품 물은 하얀 바다 입술 바라보며
철없는 풍차가 돈다

많은 사람 왔다 가도
병든 바다 아픈 마음 몇이나 알까
생명을 낳고 기른 엄마의 바다에서
태초의 악기가 운다

독산성 칡넝쿨

꽃구름 물어
세마대 삼남 길 따라
빌딩 숲 헤치며 독산성 다다르니
산성은 그대로인데
천하무적 장수는 어디 가고
성벽 아래 칡넝쿨 바다
천만 대군 말발굽 소리
성벽을 기어오른
적의 무리
단칼에 베어버린 장수의 기상
우렁찬 함성 물러서지 마라
한 놈도 남기지 마라
그때 흘린 붉은 피
아직도 성벽은 젖었는데
어디선가 날아온 까치 한 마리
그날의 聖戰을 대변해 준다

행복한 돌 형제

구부러진 산길 따라
정상 오르니 성황당 고갯마루
크고 작은 돌 형제
사이좋게 탑 올렸다

사라 호 태풍에도
무너지지 않던 돌 형제
그 체온 식지 않고 누구든 반긴다

땅을 딛고 일어나
하늘 끝까지
저마다 소원 듣고 빌어주는 돌
만남의 다리 위에 사랑 꽃핀다

살아온 세상 살아갈 세상
부서지고 찢어질망정
식을 줄 모르는 우애 하나로
누가 뭐래도
우린 행복한 돌 형제

이 시대의 촛불은?

스스로 제 몸 태워
혼신의 힘 다해 어둠을 밝히는 사람
묵묵히 땀 흘려 맡은 소임 다하는 그 사람
좋은 생각 좋은 일로
가진 것을 이웃 위해 조금씩 나누며 살면
우리 모두 촛불인 것을

촛불

촛불을 들었다고 촛불인가요
누굴 위해 단 한 번이라도 타보지 못했으면
촛불이란 말 함부로 하지 마라
촛불은 자기 몸을 태워 어두움 밝히는 일
조금은 밑지고 손해 본다 하여도
내 작은 것쯤은 내려놓을 줄 아는 것
원수를 위해서라도 기도할 수 있는 마음
누가 보지 않아도
누가 알아주지 않아도
마당 쓸고 길 쓸다
점점 작아지는 몽당빗자루처럼

비

목 느려 애타게 기다리던 비
바람이 구름 태워 실어 나른 비
창밖에 비가 내린다

춤추는 초록
앞 개울 가재가 집을 나서면
농부는 괭이 들고 논두렁 밭두렁
물고를 본다

새벽닭 울 때까지
밤을 새운 비
목축인 초록 생기 돋아
기지개 켜고

갈라진 거북이 등 논바닥 물먹는 소리
찢어진 상처 아물면 산 다랑이 논으로
허수아비 만나러
풍년이 온다

가뭄

태양이 이글거린다
숨 막힌 불볕더위
바닷물도 끓고
달궈진 신작로는 계란을 굽는다
샘마저 발길 끊으니
물고기는 누워서 하늘 보고
벼 포기 사이에 엎드린 거북등
자식 같은 곡식 삐쩍 말라비틀어져
가슴 태우고
논밭은 뿌연 흙먼지만 날리고 있다

집 나간 비 언제 오려나

담쟁이

아무도 가지 않는
풀 한 포기 물 한 방울 없는
메마른 절벽
땀 흘린 도전의 길
어렵고 힘들어도 포기란 없다

18세 어린 꿈이
사랑이란 이름으로 베어 문
초록 한입 푸른 산 푸른 들이
붉은 가슴으로 소리 지른다
나를 따라라

오늘도 쉬지 않고
기어오른 절벽
백만 대군 발자국 소리
물 실어 나르는 담쟁이 얼굴에
푸른 희망 넘쳐흐른다

폭설

눈이 내린다
한라에서 백두까지
먼 길 달려왔다
길 가던 차 스르르 미끄러지고
하늘길 뱃길 발목 잡은 눈

새하얀 세상
하얗게 덮으며 토닥이더니
혼탁해진 이 땅의 죄악들
잠시 잠깐 멈추고
너도 나처럼 하얘지라고
어느새 눈꽃 밭을 이루었다

진달래

살랑살랑
봄바람에 진달래 피고
짓궂은 비바람에
꽃잎이 지면 땅거미 질 때까지
너를 찾는다.

달래야 달래야
뒷동산 진달래야
저 하늘 별 동네 양지바른 언덕에
초가 집 짓고
우리 다시 만나는 그날
천년의 꿈 새로 펼치자

모닥불처럼

하나뿐인 몸을 던져
이글이글 타는 저 뜨거운 불
어두움 밝힌 네가 있어
아름답구나

마지막 정열 다 쏟아
얼어붙은 나를 녹여주던 너
몸은 타버린 재 영은 살아있는 별
내 허물 다 벗어
모닥불에 태워 버리고
한 점 부끄럽지 않은
샛별 되리라

죽어야 산다

풀씨는 썩어야 새싹이 나고
금은 녹아야 귀한 보석이 되는 것처럼
구름이 가면 구름이 오고
바람이 가면 바람이 오듯
죽음이란 영육이 갈라서는 것
먼저 가고 나중 갈 뿐
하늘나라 영혼의 고향에서
다시 살리라

지구촌 한 가족

하늘엔 별
땅에는 꽃
우리들 가슴엔 사랑의 불꽃이 핀다

해도 하나
달도 하나 지구도 하나
말과 글은 달라도 지구촌 한 가족
닫힌 마음 열고 손잡고 가요
파랑새 나는 행복한 세상

목마른 사슴에겐 물이 되고
배고픈 나그네에겐 밥이 되어 주는
어둠 속에 빛이 되어
모두가 모두를 위한 사랑

높은 자리 내주고
낮은 데로 더 낮은 데로
흘러가 바다를 이루는 물처럼

작품해설

그 사람의, 사부곡
思婦曲

지연희(시인, 수필가)

그 사람의, 사부곡思婦曲

지연희(시인, 수필가)

●

　　　　　시는 진중한 감성의 울림을 전하는 언어예술이다.
부득이 언어예술이라는 의미로 설파하는 이유는 '감성의 울림'으로
대두된 가슴 속 이야기를 시문학은 언어로 구체화시키지 않고서는
표현이 부재한 까닭이다. 시인의 영혼으로 지시된 어떤 재료(언술)
의 선택이야말로 시의 가치를 평가할 수 있겠다는 의미에서다. 언
어를 도구로 사용하는 문학 장르 가운데에서 시문학의 경우는 더욱
예민하게 살갗에 스미는 바람의 결 같아서 조사 하나만으로도 정서
의 기폭을 높낮이로 가늠하게 한다.

　원경상 시인은 계간『문파문학』시 부문 신인상을 받고 시인의 길
에 들어선 신진작가이다. 풍부한 감성을 소유한 원 시인의 장점은
열심히 쓰는 시인이라는 점이다. 어느 하루도 쓰는 일에 소홀하지
않아 주변 문인들의 귀감이 되고 있다. 무슨 일이거나 열심히 투신
하는 사람에게는 이길 수 없다는 말이 있다. 끈질긴 학구열이 오늘
의 시집『언어의 그림』을 출간하는 기쁨을 나누게 되었다. 물론 시
인은 가톨릭 신자로 절대자이신 주님에 대한 기도와 믿음으로 사는
사람이다. 원 시인의 첫 시집 출간은 그만큼 은혜로운 은총의 결과
물이다.

계절의 종착역에서
스치는 인연마다
흩뿌려지는 사연들
바람은 말이 없고
달빛은
가을 나무만
시리게 바라본다

- 시「가을 나무」전문

오색 꽃잎 떨어진다
서러워 마라
날 저문 하늘에
노을 꽃 피고
갈대 춤 흔들흔들
깊어가는 밤
쓰러진 고목에도
꽃이 피려나
별도 잠든 꼭두새벽
호숫가에 나온 달은
밤새는 줄 모르고
재잘거린다

- 시「호수와 달」전문

시「가을 나무」와 시「호수와 달」은 초연한 외로움, 초연한 고독이
묻어난다. 가을 빈 벌판에 홀로 서 있는 나그네의 심경이다. 이 같은

외로움의 정서는 현재 원경상 시인의 문학적 배경이며 아직은 벗어
나지 못하는 피부 깊숙한 이별의 아픔을 깁는 그리움의 원천이다.
이별의 상징적 대상으로 나뭇잎이 가지에서 떨어져 나가고 대지에
뒹굴고 흙에 묻히는 계절의 끝 '바람은 말이 없고/ 달빛은/ 가을 나
무만/ 시리게 바라본다'는 극한의 그리움을 망망대해에 뜬 조각배
바라보듯 시선을 모으게 된다. 시는 시인의 가슴에서 지워지지 않는
조각달처럼 선명한 감성으로 각인되는 아픔인지 모른다. 짧은 언어
로 제시된 '말이 없는 바람'의 실체를 해체하다 보면 가시적 잡히지
않는 인물 하나가 그리움처럼 허공에 묵묵히 배회하고 있다는 생
각이 든다. 이는 사랑하던 아내의 모습이다. 시인이 서문에서 말하
고 있듯이 짧은 만남, 긴 이별의 주인이다. 그 이별의 그리움의 크기
는 다음 시에서도 드러난다. 시 「호수와 달」은 소통되지 못한 존재
의 의미를 가시화하고 있다. 날 저문 하늘에는 노을 꽃이 피어나며,
흔들거리는 갈대들의 몸짓과 쓰러진 고목 속에서 꽃을 피워내는 가
능성이다. 어둠의 절망 속에서 희망의 빛을 만나 듯 호수와 달은 하
늘과 땅의 거리라는 이별의 공간을 뛰어 넘어 밤을 새워 재잘거릴
수 있는 것이다. 비록 손닿을 수 없는 거리에 운명적으로 존재하지
만 소통의 관계로 손을 잡고 있는 것이다. 눈에 보이지 않아도 손끝
에 만져지지 않아도 그대는 항상 곁에 있음을 여과 없이 표출하는
과정이다. 이는 어쩌면 원경상 시인의 현재가 분출하는 근원적 마음
의 정서이며 벗어날 수 없는 사부곡思婦曲의 단초라 할 수 있다. 삶
과 죽음의 경계가 금 긋고 있는 아픈 사랑이다.

> 검푸른 파도가
> 바다의 아픔을 토해낸다

갈매기 날아간 텅 빈 하늘
바람이 바다를 뒤집어
하얀 속살 드러낸 바다

수평선 저 멀리
푸른 바다 노랫소리 들려오면
햇살은 바다 위를 걸어 다니고
크고 작은 별들이
물질을 한다

     - 시「정동진 모래 백사장」중에서

한 몸에 꽃과 잎이
만날 수 없는 불운의 꽃

가슴 저리도록 그리움 남기고
떠나간 잎사귀

마음 한구석에 심은
잎을 떨구고

달 밝은 밤
가을 길목에 서서

붉은 얼굴로 밤새 울었다

     - 시「상상화」전문

'사랑하고 미워하던 가랑잎들이/ 한 잎 두 잎 떨어지는 어느 가을
날/ 모래성 쌓는 바다/ 밤새워 출렁거린다'는 시 「정동진 모래 백사
장」의 마지막 연은 모래성에 몸을 뒤채이며 무심히 자맥질하는 바
다의 역사를 노래하고 있다. 햇살이 바다 위를 걸어 다니고 작은 별
들은 수면 깊숙이 스며 물질을 한다. 그러나 쌓아도 여과 없이 무너
져 내리는 속성의 바다는 모래성을 출렁거리며 끝없는 몸짓으로 너
와 나를 묶는 가교 하나를 쌓고 있는 것이다. 그리움 겹겹의 반복적
울림으로 투시되어 바로 앞서 제시한 '바다의 아픔'을 되풀이 하는
몸짓이다. 하얀 속살을 토해내는 갈매기 날아간 텅 빈 하늘의 공허
와 연결되어 외롭고 고독한 이의 독백처럼 처연하다. 하늘과 바다가
하나로 잇는 화합의 의미는 너와 나의 소통이며 우주적 통찰인 것
이다. 다만 그 화합의 의미는 거침없이 무너짐의 속성을 지니고 있
어 이별의 아픔을 확대시키며 밤새워 쉬임 없이 출렁거리고 있는
것이다. 시 「상상화」는 잎과 꽃이 서로 만날 수 없는 식물의 속성을
적절하게 차용하여 미지의 세상으로 떠나보낸 아내에 대한 그리움
의 절대성을 짚어내고 있다. '마음 한 구석에 심은/ 잎을 떨구고//
달 밝은 밤/ 가을 길목에 서서// 붉은 얼굴로 밤새 울었다'는 꽃과 잎
(너와 나)이 서로 만날 수 없는 운명적 아픔을 이 시는 구축하고 있
다. 생사의 고리를 끊고 사라져버린 너를 찾는 절대 그리움이다. 그
리워 한다는 건 숭고한 사랑의 증표이며 오직 한 곳을 응시하는 순
결한 투신으로 영원성을 지닌다. 짝을 잃은 슬픔이 애절하게 묻어나
는 이 시는 밤새 울어 붉게 충혈된 그리움의 크기를 가늠하게 한다.

쓰러진 고목에 꽃잎 떨어져
허전한 빈 가슴 달빛 부서질 적에

● 작품 해설 _____

뜨거운 눈물이 땅을 적시면
창문이 흔들린다

그녀일까 하고
문을 열지만 아무도 없는 밤
바람이 지나간다
불 꺼진 창가에
나 홀로 서서 둥근 달 바라보며
그녀 얼굴 그려 본다

꽃잎 진
빈자리 눈물 자국뿐
새들도 떠나간 부러진 나무에
바람이 일면
땅에 누운 꽃잎이
먼 길을 간다
— 시 「꽃잎 진 빈자리」 중에서

이슬 같은 영혼 하늘 가는 길
비 그친 하늘엔 바람도 숨죽이고
짧은 햇살 뒤에 남긴 작은 봉분 하나
충혈 된 노을이 글썽거린다
— 시 「아내 이사 가던 날」 중에서

마른 풀잎 하나 잠이 들었다
잘 가라는 마지막 인사도 못 했는데
겉만 보고 울고 우는
이 안타까움 어쩌면 좋아
다시 돌아가기에는 너무 먼 거리
　　　　　　－ 시 「마른 풀잎」 중에서

　쓰러진 고목에 꽃잎 떨어지고 허전한 빈 가슴에 달빛 부서지는 밤 창문이 흔들린다고 한다. 까닭은 '뜨거운 눈물이 땅을 적시고' 있는 까닭이다. 혹시나 그녀일까 창문을 열어 보지만 아무도 없이 고요만 흐른다. 한 줄기 바람만 홀연히 지나가고 '사내'는 둥근달을 바라보며 얼굴 하나를 그리고 있다. 보편적으로 창문이라는 공간은 안과 밖의 소통을 예비한 지점으로 무엇이 무엇을 바라보고 만나며 손을 잡는 화애의 통로이다. 그러므로 '창문이 흔들린다'라는 의도는 그녀와 대면하기 위한 심리적 기대이다. 그녀가 찾아와 주기를 기다리고 그녀가 기다리고 있는 듯 어떤 변화를 기대하는 바람이다. 그러나 현실은 냉엄하다. '꽃잎 진/ 빈자리 눈물 자국뿐/ 새들도 떠나간 부러진 나무에'만 쓰러져 있을 뿐이다. 시 「아내 이사 가던 날」은 죽음의 이름으로 저세상에 가버린 아내와 이별하던 날을 되짚고 있다. 그녀가 생명으로 살아 가난을 이기며 가족을 위해 헌신하던 시간을 회억하며 안타까워한다. 오늘 첫 시집으로 출간하는 원경상 시인의 시집은 온통 그녀를 부르는 그리움의 울림으로 가득하다. 시집 출간의 목적이며 그녀를 그리워 한 수많은 시간의 축약인 이 시집은 아내를 잃은 남편의 사부곡임을 거부할 수 없다. '이슬 같은 영혼 하늘 가는 길/ 비 그친 하늘엔 바람도 숨죽이고/ 짧은 햇살 뒤에 남긴 작은 봉분 하나/ 충혈 된 노을이 글썽거린다'는 것이다. 시「마른 풀잎」
은 아내의 무덤 앞에서 가슴 미어지는 슬픔을 회한으로 토로하는
모습이다. 아내가 누운 무덤을 바라보며 잘 가라는 인사도 못하고,
대면할 수 없는 안타까움으로 울고 우는 일 이외에는 아무 것도 할
수 없음을 보여준다. 지난 시간으로 다시 돌아갈 수 없는 현실의 비
감을 이 시는 극명하게 드러내고 있다. 급기야 저세상 어딘가에 찾
아가 양지바른 언덕에 집을 짓고 슬픔, 아픔 없이 다시 만날 것을 기
약하는 절대사랑의 다짐은 변치 않는 사랑의 순도를 제시한다.

온몸으로
비바람 막아주던 그 사람
이 세상 어디에도 다시없을
나의 울타리

어이해서 떠나갈 길
그리 바빴나
비바람에 흔들려 흠뻑 젖은 너
태풍 불어 쓰러진 너

낙엽 진 가지마다 떨어지는 저 빗물은
너와 나의 서러운 이별 눈물이겠지
그대 간 길 막지 못한
이 마음에 비가 내린다
　　　　- 시「그 사람」전문

파란 하늘
하얀 구름 꽃 피고
소슬바람 불러주는
사랑 노래
귓가에 들려온다.

앞마당 정자나무 아래로
쏟아지는 금빛 물결
네 가슴 두드릴 적에
사무친 그리움 견딜 수 없어
흘러드는 금빛 끌어안으니
뜨거웠던 그 체온 여전하다

사랑만 하기에도
부족한 날들
그때는 왜 몰랐을까
    – 시 「왜 몰랐을까」 전문

　원경상 시인의 사부곡은 위의 시 「그 사람」과 「왜 몰랐을까」에서
절정으로 들어난다. 이는 사별 이후 홀로 남은 시간 속에서 겪게 되
는 아내를 잃은 허망함과 안타까움이 장마철의 습기처럼 온몸으로
스며드는 것이다. 다하지 못한 사랑으로 후회하고 아파하는 절망의
무게가 천근이다. 온몸으로 비바람 막아주던 그 사람, 세상 어디에
도 없을 나의 울타리, 비로소 말할 수 있는 소중한 이에 대한 고마움

이 눈물이 되어 흐른다. 이쯤에서 독자의 시선으로 감지할 수 있는 부분은 시인의 아내는 '참으로 아름다운 여인'의 심성을 지닌 분이였다고 느낄 수 있다. 꽃잎, 풀잎, 이슬 같은 영혼, 비바람 막아 주던 사람, 가시고기의 삶을 산 사람으로 수식되는 아내의 이름은 거룩하고 순연한 인물이었다는 믿음을 지니게 한다. '낙엽 진 가지마다 떨어지는 저 빗물은/ 너와 나의 서러운 이별 눈물이겠지/ 그대 간 길막지 못한/ 이 마음에 비가 내린다'는 절규와도 같은 이 서러움이야 말로 비록 몸은 떨어져 있어도 갸륵한 고리에 묶여있는 바다(시인)와 꽃잎(아내)의 견고한 사랑이야기 임에 분명하다. 소슬바람 불러주는 사랑 노래 귓가에 들려오는 앞마당 정자나무 아래 쏟아지는 금빛 물결 가슴에 스며들 때면 사무치는 그리움 견디지 못하는 일상을 시「왜 몰랐을까」는 들려준다. 사랑만 하기에도 부족한 날들그때는 몰랐다는 후회가 몰려오지만 뒤늦은 시간 속에 서 있을 뿐이다. 다만 절절한 언어로 그림을 완성하고 있는 원경상 시인의 순고한 사랑 노래는 하늘과 땅, 흘러가 버린 어제와 오늘이라는 공간과 시간을 뛰어 넘는 가치로 시문학이라는 문패 속에 숨 쉬는 것이어서 더욱 아름답게 빛날 수 있다고 믿는다. 그만큼 첫 시집임에도 완고한 언어로 집을 지어낸 시인의 노력이 엿보인다는 것이다.

저기 별이 떴다

큰 별이 떴다

별과 나 사이 멀고멀어도

불 꺼진 창가를 바라보는

저 별은 나의 별

　　　　　　－ 시 「별」 전문

낮에도 밤에도
하늘만 바라보는
해바라기
그림자로 살고 싶어라

너와 나는
태양을 먹고사는
몸과 마음 하나 된
빛과 그림자

황금 달빛 쏟아지는
별이 조는 밤
그대 가는 길마다
따라나선다

　　　　　　－ 시 「그림자」 전문

　　시 「별」과 시 「그림자」는 원경상 시인의 시집 한 권에 묶인 87여
편 연시의 대미를 장식하는 특별한 의미를 지니게 된다. 짧은 호흡
의 다섯 행으로 엮은 시 「별」은 이별이라는 이름으로 떠난 아내를
그리워하는 홀로 남은 이가 자신에게 건네는 애틋한 위무이다. '저

기 별이 떴다// 큰 별이 떴다// 별과 나 사이 멀고멀어도// 불 꺼진 창가를 바라보는// 저 별은 나의 별' 가시화 되지 못하는 아내의 모습을 큰 별의 존재에 이입시켜 마치 눈을 마주치듯 응시하고 있는 것이다. 나아가 시 「그림자」에서는 '너와 나는/ 태양을 먹고사는/ 몸과 마음 하나 된/ 빛과 그림자'로 손잡아 떼어 놓을 수 없는 대상임을 밝히고 있다. 마치 굳건한 결속의 약속처럼 하나임을 천명하고 있다. '황금 달빛 쏟아지는/ 별이 조는 밤/ 그대 가는 길마다/ 따라나선다'는 동적 움직임도 마다하지 않고 있다. 마음에서 육신으로 연결된 완전한 결합을 의미한다.

원경상 시의 감상은 흔히 만나기 쉽지 않은 의지와 소신으로 결속된 사랑의 가치를 무게를 가늠하기 어려울 만큼 무한대의 크기로 제시하고 있다. 사랑은 움직이는 것이라 말하는 시대적 변화를 마른 가슴으로 느끼고 사는 현실 속에서 참사랑의 아름다움을 손끝에서 가슴으로 느낄 수 있어서 따뜻했다. 진위를 알 수 없는 하루살이 사랑이 참사랑이 될 수 없다는 교훈을 들려주는 클래식한 언어의 그림을 잘 감상했다. 나를 버려 너를 만나는 사랑, 주는 사랑의 값은 받는 사랑의 배가 된다는 사실을 실천하는 것 같아 모처럼 봄 햇살 속에 흠뻑 취할 수 있었다.

언어의 그림

원
경
상

언어의 그림

원경상 지음